기획의 말

그리운 마음일 때 'I Miss You'라고 하는 것은 '내게서 당신이 빠져 있기(miss) 때문에 나는 충분한 존재가 될 수 없다'는 뜻이라는 게 소설가 쓰시마 유코의 아름다운 해석이다. 현재의 세계에는 틀림없이 결여가 있어서 우리는 언제나 무언가를 그리워한다. 한때 우리를 벅차게 했으나 이제는 읽을 수 없게 된 옛날의 시집을 되살리는 작업 또한 그 그리움의 일이다. 어떤 시집이 빠져 있는 한, 우리의 시는 충분해질 수 없다.

더 나아가 옛 시집을 복간하는 일은 한국 시문학사의 역동성이 드러나는 장을 여는 일이 될 수도 있다. 하나의 새로운 예술작품이 창조될 때 일어나는 일은 과거에 있었던 모든 예술작품에도 동시에 일어난다는 것이 시인 엘리엇의 오래된 말이다. 과거가 이룩해놓은 질서는 현재의 성취에 영향받아 다시 배치된다는 것이다. 우리는 현재의 빛에 의지해 어떤 과거를 선택할 것인가. 그렇게 시사(詩史)는 되돌아보며 전진한다.

이 일들을 문학동네는 이미 한 적이 있다. 1996년 11월 황동규, 마종기, 강은교의 청년기 시집들을 복간하며 '포에지 2000' 시리즈가 시작됐다. "생이 덧없고 힘겨울 때 이따금 가슴으로 암송했던 시들, 이미 절판되어 오래된 명성으로만 만날 수 있었던 시들, 동시대를 대표하는 시인들의 젊은 날의 아름다운 연가(戀歌)가 여기 되살아납니다." 당시로서는 드물고 귀했던 그 일을 우리는 이제 다시 시작해보려 한다.

기획의 말

그리운 마음일 때 'I Miss You'라고 하는 것은 '내게서 당신이 빠져 있기(miss) 때문에 나는 충분한 존재가 될 수 없다'는 뜻이라는 게 소설가 쓰시마 유코의 아름다운 해석이다. 현재의 세계에는 틀림없이 결여가 있어서 우리는 언제나 무언가를 그리워한다. 한때 우리를 벅차게 했으나 이제는 읽을 수 없게 된 옛날의 시집을 되살리는 작업 또한 그 그리움의 일이다. 어떤 시집이 빠져 있는 한, 우리의 시는 충분해질 수 없다.

더 나아가 옛 시집을 복간하는 일은 한국 시문학사의 역동성이 드러나는 장을 여는 일이 될 수도 있다. 하나의 새로운 예술작품이 창조될 때 일어나는 일은 과거에 있었던 모든 예술작품에도 동시에 일어난다는 것이 시인 엘리엇의 오래된 말이다. 과거가 이룩해놓은 질서는 현재의 성취에 영향받아 다시 배치된다는 것이다. 우리는 현재의 빛에 의지해 어떤 과거를 선택할 것인가. 그렇게 시사(詩史)는 뒤돌아보며 전진한다.

이 일들을 문학동네는 이미 한 적이 있다. 1996년 11월 황동규, 마종기, 강은교의 첫번째 시집들을 복간하며 '포에지 2000' 시리즈가 시작됐다. "생이 빛났고 힘겨울 때 이따금 가슴으로 암송했던 시를, 이미 절판되어 오래된 명성으로만 만날 수 있었던 시를, 동시대를 대표하는 시인들의 젊은 날의 아름다운 연가(戀歌)가 여기 되살아납니다." 당시로서는 드물고 귀했던 그 일을 우리는 이제 다시 시작해보려 한다.

고인돌과 함께 놀았다

문학동네포에지 034

윤희상 시집

고인돌과
함께
놀았다

시인의 말

첫 시집을 묶는다.

결국,
써놓은 시를
지우지 못하고
여기에 흔적으로 남기는 셈이다.

모두가 나의 몫이다.

2000년 봄 서울에서
윤희상

개정판 시인의 말

첫 시집을 그대로 다시 펴낸다. 달리 수정하지 않았다. 그러기에는 지금의 나는 지난 시절의 내가 아니다라는 기대 같은 것도 한몫했다. 우선 문학적 사실을 존중하고 싶은 마음이 있었다. 단지, 꽃 이름 '사루비아'를 편집하시는 분의 의견을 따라 '샐비어'로 바로잡았다. 아직 낯선 꽃 이름과 어서 익숙해지고 싶다.

2021년 가을 서울에서
윤희상

차례

멀리, 끝없는 길 위에

멀리, 끝없는 길 위에 발이 잠긴다
이어서 종아리가 잠긴다 연이어
무릎과 허벅지가 잠긴다
새가 울면서부터 여자가 잠긴다
남자가 잠긴다
따라서 허리가 잠긴다
얼마쯤 후에
가슴과 목이 잠긴다
웃다가 웃다가 얼굴이 잠기고
또 얼마쯤 후에
머리가 잠긴다
또다시 얼마쯤 후에
멀리, 끝없는 길 위에
가장 권위적인 모자가 하나
유품인 듯,
잠기지 않고 놓여 있다

누가 단풍잎을 떨구어놓았을까

고향 마을에 있는
미천서원 앞뜰에 단풍나무 한 그루
단풍잎 모양으로 우습게 매달려
나는 그 위에서 놀았다
낮에는 햇빛에 젖고,
밤에는 달빛에 젖고,
비 오는 날에는 비에 젖고,
눈 오는 날에는 눈에 젖고, 그렇게 놀았다
가을에는
어두운 밤에도 어두워지지 않고
빛나는 단풍잎을
앞뜰에 살짝 떨구어놓았다

어떤 가족사

여자의 긴 다리를 접는다, 여자의 허리를
접는다, 여자의 꿈을 접는다, 사랑하는 여자를
세 번 접는다. 바람이 불면, 접은 여자를 호주머니 속에
넣고 다닌다. 여자가 낳은 아이가 세 번 접혀 있다. 아이는
풀숲으로 들어가 길을 잃어버린다. 울면서 잃어버렸던
길을 찾아온다. 어느 날 갑자기, 아이의 눈에 비친
남자가 세 번 접혀 있다. 달이 뜨면, 호주머니
속에서 세 번 접힌 신음 소리가 들린다.

앨범을 볼 때마다

사진 밖의 나는 사진 속의
나의 귀를 붙잡고, 사진 속의 나에게
말한다. 사진 속의 나는 사진 밖의
나의 귀를 붙잡고, 사진 밖의 나에게
말한다. 귀가 간지럽다.

못 이야기

변두리 다방에 가서 앉는다. 종업원 아가씨는
두 잔의 커피를 가지고 와서 옆에 앉는다. 그 무렵부터
여자는 옷을 벗기 시작한다. 내게는 쉽게 벗는 것
처럼 보인다. 벗은 몸에는 여러 개의 못들이 박혀
있다. 들여다보면 못의 머리에는 남자들의
이름이 새겨져 있다. 반쯤 덜 박힌 못이
있다. 때로는 속옷이 걸려서 찢어진다고
그런다.

봄

온다. 소리도 없이 온다. 나는 마루 한편에 앉아 있었다. 와서 무릎을 만지는 듯, 드러낸다. 때로는 힘센 소처럼 여기다가도 잠시 소홀하게 여기고 있을 때, 잠깐 머물다가 떠난다. 그림자도 없이 왔다가 떠나는 길 위에 솟아오르는 새싹들이 알리바이를 흐트러뜨린다. 새싹들이 오고 가는 길을 메우고 지워도, 어쩔 수 없다.

무거운 새의 발자국

수화기를 든다 관계하는 일이 즐겁다 수화기 속으로,
빠른 속도로 몸이 빨려든다 전홧줄 속으로 너와
나의 몸이 길게 눕는다 입과 입이 맞붙는다 손과
손이 맞붙는다 발과 발이 맞붙는다 가느다란
전홧줄 위에 새가 한 마리 앉았다 날아간다
허리가 아프다 나의 허리에는 아직도 지난날의
무거운 새의 발자국이 남아 있다

청진동

청진동으로 들어가는 골목 어귀에서
어린 계집애들이 화장을 하고 있었다
눈썹과 눈을 만들고 있었다
코를 만들고 있었다
입술을 만들었으니,
색을 발라 볼을 만들고 있었다
해가 지는 곳에서,
그들만의 여자가 완성되고 있었다

지금 열린 토마토는 먹는 토마토인가, 보는 토마토인가

어린 딸에게 보여주기 위해서
화분에 토마토의 씨앗을 심었더니,
토마토의 꽃이 피었다
토마토가 열렸다
토마토가 익었다
토마토는 토마토의 줄기가 시든 뒤에도
토마토의 줄기에서 떨어지지 않고 열려 있다
낙엽이 지고, 가을이 지나고,
눈이 내리고, 겨울이 지나도록
토마토의 줄기는 온데간데없고,
토마토는 허공에 그냥 그대로 열려 있다

나무와 새

나무 위에 새가 한 마리 앉았습니다
새가 나무를 부릅니다
나무가 흔들립니다 흔들리면서 새가 부릅니다
새는 대답을 듣기 위해 나무를 흔듭니다
나무는 대답을 않기 위해 새를 흔듭니다
새는 대답을 듣기 위해 흔들립니다
나무는 대답을 않기 위해 흔들립니다
새가 한 마리 나무 위에 앉았습니다

잠시 머물다가 떠나는, 긴 여정

영산포
안창동
나주
남외동
광주
계림동
지산동
서석동
풍향동
서울
돈암동
신림동
서교동
월계동
다리가 아프다

비 오는 날

어머니가 비를 맞는다
아버지가 비를 맞는다
형들이 비를 맞는다
누나들이 비를 맞는다
배경도 없이, 모두가 비를 맞는다

어머니와 아버지 몰래, 나는
비를 맞지 않는다

잎이 큰 오동나무 아래에서

명절날, 객지의 방에서

구두를 방으로 가져다 놓는다. 방안에서 문을
잠근다. 하루종일 침대 위에 누워 있다. 책을
읽지 않고 본다. 밖에서 웃는 소리가 들린다. 들리는
것도 듣지 않으면 들리지 않는다. 소리나지 않게
마른 빵을 먹는다. 빈 맥주병 속에 오줌을 싼다. 병의
주둥이에서 하얀 거품이 피어오른다. 자세히
바라보고 있으면, 한 송이 꽃이다. 꽃은 아름답다.

영산포

강가를 걷던
나의 발자국 속에서
아직도 어린 물고기가
살고 있을까.
우리 가족이
일가를 이루고 살았던 곳.

딱딱한 꿈

선배의 집에 갔다. 밤이 깊도록 술 마시고 놀다가
잠을 잤다. 아파트 근처의 숲속에서 개구리 우는
소리가 들렸다. 꿈을 꾸었다. 아침에 일어나
선배 부부에게 꿈 이야기를 해주었다. 선배
부부는 꿈을 꾼 값을 달라고 했다. 나는 돈이 없어서
줄 수가 없다고 했다. 나를 붙잡으며, 선배 부부는
꿈을 꺼내놓으라고 졸랐다. 나는 마루 한편으로
비켜 앉아서 땀 흘리며 꿈을 다 만들어
놓았다. 그랬더니, 선배 부부는 꿈을 만져보고는
왜 딱딱한 꿈이냐고 투덜거렸다.

사랑

풋풋하게 둥둥 뜬다. 남자를 좋아하는 여자가 남자가 좋아질 때 남자를 여자의 속에 감춘다. 자기 것은 자기 것이 아닐수록 좋다. 여자를 좋아하는 남자가 여자가 좋아질 때 여자를 남자의 속에 감춘다. 남자가 좋아하는 여자를 바라보는 옆에서 여자가 좋아하는 남자를 바라본다. 서로의 속으로 들어간다. 남자와 여자가 없어졌다. 모양을 잃어버리고도 살아 있다. 꿈틀 움직인다.

계림동 살 때, 무등

백두산 제일 높은 곳에서
피는 꽃 한 송이가
가을비를 맞아
밑으로 밑으로 밀리다가
압록강 물 위로 떠내려와서
서해 바다를 지나고
목포 앞바다에 이르러
영산강 물길을 따라
몽탄을 지나고,
회진나루를 지나고,
구진포를 지나고,
영산포를 지나고.
극락강을 지나고,
광주천을 따라
무등산을 오르는데, 숨이 차다.
무등산 제일 높은 곳에서
떠오르는 저 태양

동문서답

후배가
내가 일하는 사무실로
결혼할 사람이라며
여자를 데리고 왔다

서로 인사를 하고,
커피를 마시고,
살아가는 이야기를 하다가
그들이 돌아갔다

이틀 뒤에
후배에게서
그 사람이 어떻더냐고, 묻는
전화가 걸려왔다

나는
창밖에
곧 눈이 올 것 같다고
이야기해주었다

나를 긴장시키기 위하여

나는 신촌역에서 열차를 타고 문산역에서 내려
시내버스를 타고 임진각으로 간다 가서 미군 흑인 병사가
딴 곳을 보는 사이 군사경계선 안으로 얼른 한쪽
발을 넣어본다 여기서 망월동은 얼마나 먼가 망월동을
간다 입구에서 걸어서 간다 가서 본다 이미 죽은 친구를
본다 앨범을 꺼내 어머니를 본다 어머니에게 국제전화를
한다 어머니의 목소리를 듣는다 간첩단 사건에 연루되어
무기징역을 살고 있는 친구의 편지를 읽는다 권투하는
모습을 보고 싶다 이미 졸업한 모교를 간다 지금 스승은
어디에 있는가 스승의 집으로 스승을 찾아간다 내가
스승에게 말한다 스승이 나에게 말한다 내가 들판을
무심코 걸을 때 아무렇게나 핀 민들레 꽃들이
나를 긴장시킨다

너는 좋겠구나

아빠가 나주 사람이라서
너는 좋겠구나
엄마가 밀양 사람이라서
너는 좋겠구나

나주 배와 밀양 감을 함께 먹을 수 있으니
너는 좋겠구나

나주 할아버지가
너를 만나러 오시면서
나주 배를 가지고 오셨구나
밀양 외할아버지가
너를 만나러 오시면서
밀양 감을 가지고 오셨구나

나주 배와
밀양 감을 먹고
예쁜 똥을 싸면
먼 뒷날 똥 끝에서 자운영 꽃이 핀단다
너는 좋겠구나
자운영 꽃을 볼 수 있어서

온 들판에
자운영 꽃이 피면

너는 좋겠구나

이별

너의,
이름을 지운다
주소를 지운다
전화번호를 지운다

너와 내가 만났던,
배경을 지운다

너와 나를 지운다

가을

일하는 사무실의 창밖으로
날마다 모과나무를 본다
날마다 보는 모과나무이지만,
날마다 같은 모과나무가 아니다
모과 열매는 관리인이 따다가
주인집으로 가져가고,
모과나무 밑으로 낙엽이 진다
나의 눈이
떨어지는 낙엽을 밟고
하늘로 올라간다
낙엽이 계단이다

변두리 정류장에서

뜻밖의 일입니다. 내가 변두리 정류장에서
버스를 기다리고 있을 때, 갑자기
나의 그림자가 보이지 않았습니다. 물론 그후로
나를 보았다는 사람은 없습니다. 때로는, 만져지지
않을 육체를 다행스럽게 생각해보았습니다. 하지만
슬그머니, 나는 주말마다 그림자를 잃어버렸던 변두리
정류장에서 버스를 기다리고 있습니다.

검고 못생긴 나팔꽃 씨앗

나는 아침마다 일어나
나팔꽃 씨앗을 줍는다

초여름에 심은 나팔꽃 씨앗에서
어느덧 꽃이 피고.
심을 때보다 더 많은 씨앗이 열리다니,

검고 못생긴 나팔꽃 씨앗

아내는 친정으로 애 낳으러 가고,

나는 아침마다 일어나
나팔꽃 씨앗을 줍는다

노을이 있는 풍경

지는 해를 따라가서 우리나라의 모든 여자들이
강가에 앉았다. 그들의 자손인 애인도 거기에
앉았다. 여자에게서 여자에게 귀에게서 또다른
귀에게 말하여준다. 칼들이 칼에게 넘어진다. 춤을
춘다. 칼이 칼들에게 찔린다. 칼이 칼들에게
쫓겨서 떠나가는 뒷모습을 속엣말로
다 말하여준다. 우리나라의 강가에서 떨어진
낙엽들은 늦은 눈들이 가려주었고, 죽은 꽃 하나를
사들고 서 있는 애인이 웃었다. 견디다가
무너지리라. 噴水.

부재를 사랑함

1961년 겨울에 태어나서 1974년 여름 간신히
호적에 오름. 보이지 않는 것들을 사랑하기
시작함. 때때로, 몇 명은 리얼리티가 부족하다고
거리에서 데모를 벌이다가 제지를 받기도 했음. 길가
에서
구경하는 사람들은 증명할 수 없는 부분을 꿈이
메워준다고 한마디씩 말을 남기고 홀연히
자리를 떠남. 1961년 겨울에서 1974년 여름까지
문득문득 찬바람이 불고 있다고 생각하기로 함.

뉴욕제과 주인아저씨는 보청기를 끼고 있다

뉴욕제과 주인아저씨는
보청기를 끼고 있다
그래서 내가
아저씨 건포도 식빵을 주세요
그러면 아저씨는 나에게 건포도 식빵을 주고,
아저씨 소보로 빵을 주세요
그러면 아저씨는 나에게
소보로 빵을 준다

시월

너를 버리면
무엇을 버리지 않을 수 있을는지 나는
걸어가다가 몇 번이나
주저앉아버리고 싶었다
우리 곁으로 겨울이 오기 전에
갑자기 비가 내리지
아마 사람들은 거리에서 젖어 있을 거야
이제 편지하지 말아다오
누가 지친 생활을 세 번 깨우기 전에는

나는 점점 가벼워진다

어머니와 아버지 사이에서
또다른 소문과 소문 사이에서
잊힌 여자와 여자 사이에서
이미 죽은 친구와 친구 사이에서

아름다운 나라와 아름답지 않은 나라 사이에서
우선은 꼬집혀도 아프지 않게,
지상으로부터 90센티 위에
떠 있고 싶어
떠다니고 싶어

나는 점점 가벼워진다.

그 여자

내가 알고 있는 그 여자는 중부지방의
어느 가난한 강변 마을이 고향이다. 하루하루를
몸뚱어리 하나만을 가지고 산다. 남자를 만나면
밖에서 서성거리지 않고 쉽게 남자의 속으로 걸어
들어간다. 남자의 속으로 들어가 있는 동안은
자신의 몸뚱어리조차 잃어버리고 산다. 하지만
들어간 남자에게서 쉽게 걸어나오지 않는다. 남자가
부서질 때까지 부추기고 있다가 부추기는 힘이
끝나는 곳에서 남자가 부서지면 같이 부서지지 않고
부서진 남자의 잔해를 밟으면서 그 여자는 걸어나온다.

198052703시15분

지난날은 가고,
다가올 날들을
생각하다

광주.

풍향동 하숙집에서,

대학생 형들은 떠나고
나는 이불 뒤집어쓰고
울었다

길에서, 아들에게

처음도 끝도
길 위에 있으니,
처음도 끝도 길이다

길 위의 코스모스
길 위의 샐비어
길 위의 맨드라미

그러니,
'길을 놓치지 말 것'

봄날

죽은 금붕어는 어항 물 위에 뜨고,
금붕어의 영혼은 죽은 금붕어의 머리 위에
머문다. 식목일에 씨앗을 뿌린
채송화와 봉숭아는 새싹으로 돋아나고,
우리는 정원으로 꽃구경하러 간다
어린 딸은 죽은 금붕어를 병원으로
데리고 가자며 보채고, 나와 아내는
아들과 함께 패랭이꽃에
나비가 잠시 머물다가 날아가는
모습을 보고 있다

취미

많은 돈을 주고
그림을 샀다
그림을 집에 가져가지 못하고,
승용차의 짐칸 속에 넣어두었다
승용차의 짐칸 속에
그림을 넣고 며칠 동안이나 돌아다녔다
어디, 마음 편히
그림을 걸어둘 벽이 없는가
아내의 충고가 두렵구나
그림에게 빼앗긴 나여

향월여인숙

내가,
아니, 우리가
20대 초에
술 마시고, 놀다가
방 하나 빌려서
오지 않는 잠을 부르던 향월여인숙
지금도 퇴근하면서
차창 밖으로 힐끔 본다
언제쯤 다시 한번
친구들과 함께
포개서 잠잘 수 있을까
내가 무너진 뒤에도
부서지지 않을
기억의 집 하나

아이들아, 이제부터, 비디오 속이다

아이들아,
할머니께서 우리에게 비디오카메라를
선물로 주셨다.
이제부터,
우리 모두가 비디오 속으로 옮겨진다.
비디오 속에서,
밥을 먹고, 똥을 싸고, 꿈을 꾼다.
비디오 속에서,
엄마, 아빠와 숨바꼭질하고
울고, 불고. 노래하며 춤춘다.
비디오 속에서,
만나고, 헤어진다.
비디오 속에서,
살고, 죽는다.
아이들아,
이제부터, 비디오 속이다.

돌을 줍는 마음

돌밭에서 돌을 줍는다
여주 신륵사 건너편
남한강 강변에서
돌을 줍는다
마음에 들면, 줍고
마음에 들지 않으면, 줍지 않는다
마음에 드는 돌이 많아
두 손 가득
돌을 움켜쥐고 서 있으면,
아직 줍지 않은 돌이 마음에 들고,
마음에 드는 돌을 줍기 위해
이미 마음에 든 돌을 다시 내려놓는다
줍고. 버리고
줍고, 버리고
또다시 줍고, 버린다
어느덧, 두 손에 마지막으로 남는 것은
빈손이다
빈손에도 잡히지 않을
어지러움이다
해는 지는데,
돌을 줍는 마음은 사라지고
나도 없고, 돌도 없다

어떤 동행

비 오는 날 새벽에 혼자 걸었지
돈암동 집을 나서 우산도 없이
정릉천을 따라 걸었지
청량리를 지나, 종로를 지나,
남대문시장까지
길 위에서 온몸으로 쏟아지는 비와
온몸으로 걷는 내가 만나
겁없이 걸었지
내가 쓰러진 비를 일으켜 세우면서 걸었지
내가 빗속으로 들어가 비에 젖고,
비가 내 속으로 들어와 나에게 젖고,
비가 쓰러진 나를 일으켜 세우면서 걸었지
결국은 서로에게 서로를 맡긴 채 걸었지
그래서, 지금도 길 위를 걸어가는 비

빵은 나다

빵으로 여자를 만들었다
빵으로 남자를 만들었다
빵으로 사랑을 만들고,
빵으로 나를 만들었다

빵에서 해가 뜨고,
빵에서 해가 진다

나는 빵이다

빵은 나다

선산에 갔다

나를 닮은 딸과 아버지를 닮은 아들을 데리고
선산에 갔다
햇살이 드는 곳에
아버지가 있다
그 위에는 아버지의 아버지가 있다
그 위에는 아버지의 아버지의 아버지가 있다
그 위에는 아버지의 아버지의 아버지의 아버지가 있다
그 위에는 진달래가 있다
우리는 여기저기에 핀 진달래꽃들과 놀았다
진달래꽃들 사이에서 뛰어노는
아이들이 길을 잃어버리고,
나는 서둘러 아이들을 불러모아
선산을 내려왔다
진달래꽃들이 핀 산길을 따라

영산포역에서

여기에서 내가 출발한다
아래쪽에서 기차가 온다
기차를 타고
송정리,
김제,
대전,
서울,
개성,
평양,
신의주,
길림을 지나고
만주로 간다
만주 벌판,
벌판으로 잠기는 철길

술에 취하다

내가 너를 일으켜세우면
내가 무너지고,
네가 나를 일으켜세우면
네가 무너지고,
먼 곳에서 아침이 온다.

고인돌과 함께 놀았다

강화도에 갔다. 내가면사무소에 들러 고인돌이 있는
곳을 물어보았더니, 가르쳐주었다. 선산에
갈 때처럼 고인돌이 있는 곳으로 쏜살같이
달려갔다. 참깨밭 한편에 놓여 있는 고인돌
옆에 돗자리를 깔았다. 과일을 먹었다.
똥을 싸고, 오줌을 쌌다. 다섯 살 된 딸은
고인돌 위에서 춤을 추었다. 우리는 고인돌과 함께
놀았다. 나뭇잎 사이에서 해가 지고 있었다.

목련

잎보다도
먼저 꽃이 피다니,
아이들과 함께
목련꽃 그늘 안에서 놀았다
떨어지는
목련꽃이 무겁다
배고픈 쥐가
떨어진 목련꽃을
갉아먹었다

길

길은 끝이 없다
그러니까, 길은 끝나지 않는다
내가 막다른 길에서 보았던,
길은 여기에서 끝났습니다라는 친절한 말은
틀린 말이다
길이 끝났다는 곳에서
되돌아오는 길은 가는 길과
전혀 다른 오는 길이다

숲에 대하여

일요일 오후,

여자와 남자의
장례 행렬이
숲으로 간다

그들이 숲으로 가서
숲이 되었다

그들이
돌아오지 않는
숲에서

물이 흐른다

농장에서

유치원에 다니는 딸을 따라 유치원에 딸린
농장에 갔더니, 딸이 나에게 가르쳐준다.
저것은 호박
저것은 조
저것은 옥수수
저것은 봉숭아
저것은 해바라기
저것은 참깨
저것은 고구마
저것은 들깨
마음대로 피고 지는 저것들이, 나의 눈 속으로
들어와서 뒤엉키고 뒤엉키어 수수밭 고랑에서
넘어진 어린 시절의 나를 일으켜 세우고,
딸은 벌써 저만치 가고 있다.

계단이 더러워진 진짜 이유

4층에서 내가 엘리베이터를 타고
1층으로 내려가는 동안
4층에서 1층까지
계단은 심심하다
그래서 그런지,
아이들이 버린 껌 종이와 부서진
장난감이 계단 위에서 나뒹군다

크로키

천장에서 소리를 낸다. 둔탁거리는 질량이 걸어
간다. 걸어가는 소리 뒤에 걸어가는 모양이
박힌다. 귀는 소리의 얼굴을 본다. 걸어가는
소리 앞에 걸어가는 모양을 만들어놓는다. 소리가
집을 만들고 집을 무너뜨리는 경우가
있다. 내 소리를 듣는 쥐가 나를 내려다본다. 내가
쥐의 귓속으로 걸어 들어갔다.

오색딱따구리

덕소에 가서
은행나무 가지 위에
잠깐 머물다가 사라지는 것, 보았다

그때처럼
문 열면, 또다시 사라지리라

어쩔 수 없이
지금도 나의 눈 속에 갇혀 있는
오색딱따구리 한 마리

와부 가는 길

청갓 씨앗을 샀다
차를 멈추었다가 다시 가고,
더 가다가 내려서
호미를 샀다
멀리 가지 못하고,
다시 멈추었다가
또 간다
빈 밭에 청갓 씨앗을 맡기고
흙으로 덮어주었다
비 내린 뒤로
청갓은 새싹으로 돋아
벌써
청갓의 키만큼
하늘로 가고 있다

지도를 그리며

하얀 종이 위에 해안을 따라 선을 긋는다. 선들
밑으로 군인들의 숨겨진 덫이 놓여 있다. 선들이
고생대의 융기된 퇴적층을 따라가다가 해가
질 무렵 낯선 항구에 이르렀다. 지나온 바닷가에
하얀 눈이 덮여 있다. 바람 부는 계곡 사이에서
여러 방향으로 덫줄을 붙잡고 있는 군대 간 친구들이
졸면서 깨어 있다. 썰물을 바라보고 있으면 밀물이
된다. 그들의 무릎까지 바닷물이 젖어 있다. 선들의
긴 행렬이 남쪽 해안으로 떠나고 있었다.

가족

결혼하기 전에 혼자 걷던 길을
결혼 뒤에 걸었다
천천히 걷다가 뒤를 돌아보니,
아내와 딸과 아들이 걷고 있었다
빨리 걷다가 뒤를 돌아보니,
아내와 딸과 아들이 보이지 않았다
걷다가 그늘 아래 앉아 있으니,
아내가 옆에 와서 앉았다
딸이 옆에 와서 앉았다
아들이 옆에 와서 앉았다
나는 다시 일어나 걷기 시작했다

세월도, 마음도 흐른다

10여 년 전에 읽었던 책을
다시 읽다가 그때 내가
밑줄을 그어놓은 글을 우연히 본다
그런데, 내가 왜
그 글 밑에 줄을 그어놓았는지
모르겠다

밤길

밤마실 갔다 돌아온 누나의 머리카락에 묻어 있는
사내들의 발자국 소리를 따라가다보면 아버지가
어머니를 버리고 있어 주막집 툇마루 한쪽으로
밀려 앉아서 귀갓길을 재촉하다가 그때마다
주모가 웃으면서 건네주는 백설기 조각을 그 집
강아지와 나누어 먹으면서 놀았어 여자를
만지지 못하고 여자의 손만을 만지면서 돌아서는
아버지의 술주정이 길바닥에 흩어진 쇠똥 똥파리
쑥 냉이꽃 잡풀 잡풀 속에 숨은 반딧불이, 한 여자의
치맛자락을 적셔주길 바라며 어느새
같이 흔들리고 있었어 달빛이 아버지의 옷깃에
묻었어 섬찟해졌어.

첫눈

무기징역을 사는 친구에게
이사한 집의 약도를 그려서 보냈더니,
집으로 오는 길로
첫눈이 온다.

나무 생각

무더운 여름날. 나의 몸의 문을 열어놓았더니, 그 문으로
바람과 함께 나의 고향 들판이 들어오더라 나는
들판에 무심코 나무 한 그루를 심었더라 나는 한여름을
나무의 그늘에서 놀았더라 나무가 나의 몸의 모든
살과 물을 가져가고, 나무의 뿌리가 뼛속까지
스몄더라 결국, 나는 나무였더라

민들레

일본에서
어머니와 함께 열차 여행을 하다가
나고야 부근의 시골 역에서
우연히 조총련 학교의
한글로 된 정치 구호를 보고,
반공 교육을 잘 받은 나는
조총련 학교의 울타리 밖에 핀 민들레다
열차가 올 때까지
플랫폼에 서서
울타리 너머 조총련 학교의 안을
호기심으로 기웃거리고 있을 때,
옆에 서 있던 어머니가
나의 어깨를 툭 친다
민들레가 아프다

길이 나의 발목을 붙잡는다

나는 길 안에 있고
길이 나의 발목을 붙잡는다

한번 길에 놓이면,
길에서 살고, 죽는다

어떤 때는
길에 익숙하지 않아
발이 삐지만,
나는 길 밖으로 잠시 나갔다가
불안해지면 길 안으로 다시 돌아온다

그럼, 벌써 길 밖까지 이어지는 길이 생겨,
길이 된다.

나는 길 안팎을 기웃거리고 있다

만지는 것

무엇도, 만지는 것만 못해
점자 도서관에 갔을 때, 시각장애인 도서관장이
손가락 끝으로 점자를 만졌지
그러자, 지문을 따라 물결로 번지는
느낌이 있잖아
봄날, 벌이 꽃에 살짝 앉았다
날아가는 것. 너와 내가 악수하는 것,
예쁜 아이의 머리를 쓰다듬는 것,
여자와 남자가 서로를 만지는 것,
뭐 그런 것

꽃

지금 나의 앞에
꽃이 한 송이 피어 있습니다
꽃을 받쳐든
줄기는 튼튼합니다
향기도 없고,
색도 없고,
꽃잎도 없고,
당연히 꽃잎의 무늬도 없는
그런 꽃이
지금 나의 앞에
있습니다

외국인 묘지

서교동에서 혼자 살 때
주말마다
부근의 외국인 묘지를 간다
책 한 권을 들고 가서
묘지에 누워서 읽다가
졸다가, 자기도 한다
관리인이 다가와서
나를 흔들어 깨운다
여기는 자는 곳이 아닙니다
아카시아 꽃잎이 묘지 위로 길게 흩뿌려진다
관리인은
묘지에 묻혀서 잠든 사람들은
깨우지 못하면서
나만 깨운다

살다가 보면

유효기간이 다 지난
슬라이드 필름이 아까워서
그것으로 사진을 찍었더니,
묘하다 싶게
오히려 맘에 드는
사진이 된다

겨울

어제까지 육교 밑에서
꽃을 팔고 있던 아저씨가
오늘은
육교 위에서
군고구마를 팔고 있다

지푸라기는 어디 있는가

차와 함께 출근하고,
퇴근한다

횡단보도 앞에서
나는 차와 함께 신호를 기다리다가,
옆 차의 백미러에 걸린
神物을 본다

그럴 때마다
사람의 얼굴도 함께 본다
붙잡고 싶은
지푸라기는 어디 있는가

이 거리에서

그릇 만드는 여자

경기도 남양주시를 조금 지나서
나무 푯말이
일러주는 대로
시골길을 돌고 돌아서 찾아갔더니
산비탈에 지은
도예촌에서
여자가 그릇을 만들고 있다
여자의 옆에서 졸고 있는 것은
강아지이다
가만히 보니, 여자는 만들고 있는 그릇에
무엇을 담아야겠다고
생각하지도 않는다
여자는 그릇을 만들고 있다

벽 속의 개구리

딸이 친구의 집에서 올챙이를 얻어왔다 올챙이의
뒷다리가 먼저 나오고, 며칠 더 있다가 앞다리가
나왔다 올챙이는 올챙이였지만 내가 올챙이를
큰 소리로 개구리라고 불러버렸기 때문에
어쩔 수 없이 올챙이는 개구리가 되었다 개구리가
없어진 것은 5월 23일 새벽이다 아파트에 열린 문도
없었는데 개구리는 보이지 않았다 그렇지만 그 이후로도
아파트에서 개구리의 울음소리를 들었다 개구리는
아파트의 벽 속으로 들어갔다 꼬리를 잡아당기면
벽 속에서 나올 것 같은데, 개구리의 꼬리가
이미 떨어지고 없다는 것을 나는 그제야
알았다 알고 보면 올챙이는 저 혼자 개구리가 되었다
오늘도 아파트에서 개구리 울음소리를 들었다

수련

친구들과 함께 안성 청룡사로 놀러갔을 때 주막에서
술 마시다가 놓쳐버린 배구공이 아래로 아래로만
구르다가 저수지로 빠져서 물 위로 가볍게
뜬다 개 짖는 어둠 속에서 어두워지지 않고
저수지 물 위에 핀 흰 꽃

소라게

물 빠진 무창포 해변에서
셀 수 없이 많은 소라게가
소라의 빈집에
몸을 넣고 다니는 모습을 보면서
괜한 걱정이 생겼다.
소라게가 염치도 없이
소라의 빈집을 찾아
이 집 저 집을 옮겨 다니며
함부로 몸 맡기는 것이.
얼떨결에 영혼도 맡길라.

홍릉수목원

은행나무 밑에 서 있으니
은행나무 잎이 떨어졌다
감나무 밑에 서 있으니
감나무 잎이 떨어졌다
은사시나무 밑에 서 있으니
은사시나무 잎이 떨어졌다
너도밤나무 밑에 서 있으니
너도밤나무 잎이 떨어졌다
칠엽수나무 밑에 서 있으니
까치 똥이 떨어졌다

단추

옷을 샀더니,
단춧구멍은 없고
단추만 달려 있다
아무 쓸모가 없는 단추를
누가 달아놓았을까

그러나 아름다운 단추

그 시절, 문우들에게

문예창작과 교수실 혹은 강의실에서 최인훈은
사람이 완전하게 완성될 수 있다고
미리 생각하고 있었다 오규원은 사람이
완전하게 완성될 수 없다고 미리
생각하고 있었다 최창학은 최인훈과
오규원 옆에서 줄곧 침묵으로 일관
하였다 우리는 그들 곁에서 완성되었다
무너졌다 봄에는 산에 들에 꽃이 피고
정말 그럴까 그럴 수 있을까 우리는
빨간 술병을 들고 높은 산으로
올라갔다

문학동네포에지 034
고인돌과 함께 놀았다

초판 인쇄 2021년 12월 7일
초판 발행 2021년 12월 15일

지은이—윤희상
책임편집—유성원
편집—김민정 김필균 김동휘 송원경
표지 디자인—이기준 신선아
본문 디자인—유현아
마케팅—정민호 김도윤
홍보—김희숙 함유지 이소정 이미희
제작—강신은 김동욱 임현식
제작처—영신사

펴낸곳—(주)문학동네
펴낸이—염현숙
출판등록—1993년 10월 22일 제406-2003-000045호
주소—10881 경기도 파주시 회동길 210
전자우편—editor@munhak.com
대표전화—031-955-8888 / 팩스—031-955-8855
문의전화—031-955-3576(마케팅), 031-955-8865(편집)
문학동네카페—cafe.naver.com/mhdn
트위터—@munhakdongne
북클럽문학동네—bookclubmunhak.com

ISBN 978-89-546-8393-7 03810

—잘못된 책은 구입하신 서점에서 교환해드립니다.
기타 교환 문의 : 031-955-2661, 3580

www.munhak.com

문학동네